DIEU

GLORIFIÉ DANS LES SOUFFRANCES.

JOURNAL DE MADAME VEUVE ROUSSEL.

« Comme affligés et cependant toujours dans la joie ; comme pauvres, et cependant enrichissant plusieurs ; comme n'ayant rien et cependant possédant toutes choses. »

2 Cor. VI, 10.

PARIS,

GRASSART, LIBRAIRE - ÉDITEUR,

3, rue de la Paix, et rue Saint-Arnaud, 4.

1859.

DIEU

GLORIFIÉ DANS LES SOUFFRANCES.

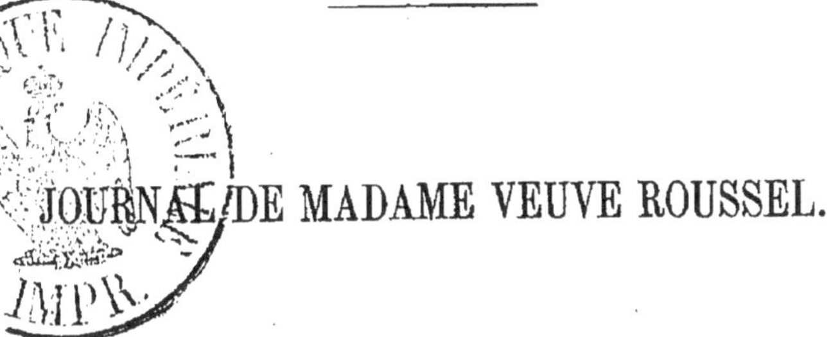

JOURNAL DE MADAME VEUVE ROUSSEL.

« Comme affligés et cependant toujours
dans la joie ; comme pauvres , et cependant
enrichissant plusieurs ; comme n'ayant rien
et cependant possédant toutes choses. »

2 Cor. VI, 10.

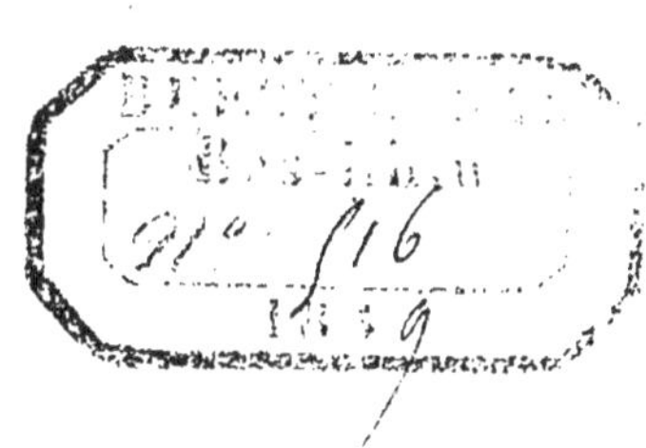

PARIS,

GRASSART, LIBRAIRE - ÉDITEUR,

3, rue de la Paix, et rue Saint-Arnaud, 4.

1859.

STRASBOURG, IMPRIMERIE DE VEUVE BERGER-LEVRAULT.

Mes chers paroissiens,

Madame Roussel destinait son petit manuscrit à ses amis de Bar-le-Duc. Mais cette chère sœur souffrait tant qu'assise sur son lit de douleur elle n'écrivait pas toujours d'une manière très-lisible.

J'ai pensé qu'en faisant imprimer ces pages empreintes d'un profond esprit de piété, je rendrais service en même temps aux amis personnels de Madame Roussel et à tout son troupeau. Vous y verrez comment Dieu sait sauver les âmes du péché et de l'erreur, comment la sanctification se manifeste par une vie de sainteté, par l'accomplissement du devoir dans la famille, par la fermeté dans les persécutions, par la résistance aux tentations, par la patience dans les épreuves. C'est une âme qui vous parle du creuset de l'affliction et du bord de la tombe. «Quiconque est sage prendra garde à ces choses, afin de considérer les bontés de l'Éternel.» Ps. CVII, 43.

C. de B.

DIEU GLORIFIÉ DANS LES SOUFFRANCES.

Étant appelée par la volonté de Dieu et sa sage providence à passer par une maladie longue et douloureuse, j'ai été poussée du désir d'écrire mon journal, afin de faire connaître l'amour insondable de Dieu envers ses créatures, et de montrer que s'il nous envoie des épreuves c'est afin de nous attirer à Lui et de nous rendre heureux à jamais.

Je suis née en 1794. Mon père et ma mère se sont mariés à l'âge de dix-huit ans. Je naquis un an après, et je fus leur seul enfant. Fille unique, je fus élevée avec tendresse, mais aussi avec sévérité. Ma bonne mère ne me passait rien. Elle n'a jamais souffert que je lui fisse un seul mensonge; elle me disait qu'elle préférait un voleur à un menteur. Elle avait réglé tous les moments de la journée. Lorsque j'étais encore bien jeune, elle me faisait lever de très-bonne heure; elle commençait par me faire prier Dieu; ensuite nous passions à la lecture; puis venait le travail de mon âge et l'école. Ainsi s'est passé le temps de mon enfance. Ma mère était délicate dans tous ses procédés, ne fréquentant que très-peu de personnes et seulement les honnêtes gens. Mes parents avaient tous les deux de la piété et m'ont nourrie de la crainte de Dieu. Née dans la religion catholique romaine, ma chère mère cherchait, selon les lumières qu'elle avait, à faire le bien dont elle était capable. Quoique nous fussions pauvres nous-mêmes, je me souviens de ce qu'elle fit pour une famille encore plus à plaindre que nous, parce qu'il y avait beaucoup d'enfants; je l'ai vue se priver pendant longtemps de son déjeuner afin de pouvoir leur donner quelques miches de pain. J'ai été témoin de plusieurs autres faits de ce genre. Ils étaient très-laborieux, aimant le travail et l'économie, afin de n'être à charge à personne. Pendant leurs dix-huit années de mariage je n'ai jamais vu de trouble dans le ménage. Ils vivaient dans la paix.

Lorsque j'eus atteint l'âge de treize ans, étant douée d'une assez bonne mémoire et étant préalablement instruite, je fis ma première communion selon les rites de l'Église romaine. Je me rappelle que j'étais dans de bonnes dispositions, et je me souviens d'avoir communié plusieurs fois depuis, avec mes chers parents. Ensuite est venue l'époque de l'apprentissage. J'avais alors quatorze ans..... Sortie d'apprentissage à l'âge de seize ans, je travaillai, je crois, pour gagner ma vie, pendant l'espace d'une année. Ma mère venait de faire une maladie, lorsque notre pays[1] est tout à coup

---

1. *Vitry-le-Français.* On sait combien cette partie de la Champagne a souffert lors de l'invasion des alliés. Ed.

envahi par l'ennemi. On logea chez nous, pour commencer, un seul soldat; puis il en vint deux autres qu'on retira après quelques jours seulément, pour nous en envoyer huit, auxquels on en ajouta encore quatre, douze en tout. Ces derniers étaient des plus féroces. Mon père était en réquisition pour leur faire des chaussures, de sorte que ma pauvre mère était seule avec moi parmi eux. Ces malheureux l'enferment dans une de nos chambres où ils avaient mis deux fagots à travers le feu. Le sabre nu ils menacent de la brûler. Elle s'écrie : ma fille, sauve-toi; je suis perdue. Je cours chez monsieur D...... pour la délivrer de leurs mains. Il est venu de suite; mais le coup était porté. Elle s'est mise au lit pour ne plus se relever. Mon père aussi tombe malade. Me voilà donc seule auprès d'eux. Cependant de bonnes personnes trouvèrent le moyen de faire retirer ces misérables soldats de chez nous; ma mère ne vécut que huit jours. Pendant ces jours de maladie elle s'occupait beaucoup de moi. Elle me dit : «Tu as bien du mal, ma fille; oh! viens donc te coucher près de moi. Mais ne t'approche pas si près de moi, car l'air du malade n'est pas bon; puis elle ajouta : tu n'as que bien peu de temps à être avec moi; sois toujours soumise à ton père et ne méprise jamais ses conseils; je te remets entre les mains de Dieu.» Mon père avait deux sœurs, amies intimes de ma mère. Elles avaient l'habitude de sortir ensemble et de faire leur promenade bien souvent du côté du cimetière, ce qui ne me convenait guère; mais il fallait obéir. La première a été enterrée le jour que ma mère s'est mise au lit, c'était un lundi; la seconde est venue le vendredi suivant, à six heures du matin, pour nous apprendre sa mort. Chose étrange! Ma mère lui dit aussitôt : «Il est inutile de rien me cacher; ma sœur est morte. Quelle heure est-il? demanda-t-elle ensuite, regardant l'horloge. Il est six heures. Eh bien! ce soir à pareille heure j'irai la rejoindre.» C'est ce qui eut lieu effectivement.

Me voilà donc restée seule avec mon père. J'étais encore bien jeune et exposée à loger encore de ces malheureux soldats; mais la Providence a veillé sur moi et m'a protégée. Cependant je tombai dangereusement malade peu de temps après, et je fus pendant dix-huit jours sans donner aucun espoir de guérison; je disais alors que j'étais joyeuse de mourir et que j'irais retrouver ma bonne mère. Je ne me demandais pas si je n'allais pas paraître en jugement. Ne me croyant coupable d'aucun *gros péché*, j'étais parfaitement ment tranquille de ce côté ; je pourrais dire comme saint Paul que « j'étais pharisien en ce qui regarde la loi[1] ;» accomplissant toutes les ordonnances de l'Église papale avec la plus grande exactitude, je croyais avoir rempli tous mes devoirs. Cette maladie fut une grande épreuve pour mon pauvre père. Dieu enfin, dans sa grande miséricorde, me rappela à la vie, et je restai encore heureuse avec mon père pendant deux ans et demi. Mon père venant alors à se marier avec une personne de la campagne, qui était douce mais malheureusement jalouse, j'acceptai une place chez une excellente dame, auprès de laquelle je suis restée onze ans, aimée, et pour dire la vérité, gâtée. Lorsque

---

1. Phil. III, 5-6.

j'avais quelque indisposition, c'était elle qui me soi-
gnait. Voyez encore ici la bonté de Dieu et comme il
accomplit dans sa fidélité ses promesses envers l'or-
phelin! N'est-il pas venu me délivrer et pourvoir à
tous mes besoins? n'a-t-il pas toujours veillé sur moi
au milieu de tant d'afflictions qui me sont arrivées? et ne
m'a-t-il pas mise à l'abri de mille et mille dangers? « Qu'à
lui soit toute la gloire et à moi la confusion de face! »

Pendant tout le temps que j'étais dans cette maison
ma belle-mère me voyait avec plaisir. J'y suis entrée à
l'âge de vingt-deux ans et j'en avais trente-deux passés
quand j'en suis sortie pour me marier. Ma maîtresse
nous donna à cette occasion un très-beau déjeuner;
elle me mit elle-même la couronne, me fit plusieurs
cadeaux et me combla de souhaits affectueux. Ainsi
se passèrent les onze années les plus tranquilles de
ma vie.

Un an après je mettais au monde mon premier-né.
Deux épreuves m'attendaient dans ce moment. Mon mari
était alité; mais ayant le cœur bon il répondit pour
un ami d'une somme de cinq cents francs et fut
obligé de payer alors même que nous en avions le plus
grand besoin. On m'apporta le billet pendant que nous
étions tous deux au lit, et il s'en fallut peu que mon
mari n'en restât veuf. Obligé par la maladie de chercher un autre moyen d'existence, il se décida à
prendre l'état de voiturier. Je possédais une somme
de 1200 francs qui était bien placée; je fus contrainte
de la retirer pour lui acheter une voiture et un cheval.
A peine étions-nous en bon chemin que notre beau cheval mourut; nous fûmes obligés d'en acheter un autre.

Peu après nous fûmes forcés de nous dépouiller du peu qui nous restait pour empêcher que notre beau-père n'allât en prison. Et, pour comble de malheur, comme ce pauvre ami n'ignorait pas dans quelle position il nous mettait, le chagrin s'empara de lui en sorte qu'il mourût au bout d'un mois. Il n'en fallait pas davantage pour nous mettre dans la plus triste position. Pour pouvoir tout payer nous avons tout vendu. Mais ici encore Dieu est venu à notre secours. Tout le voisinage était affligé de nos malheurs. Quelqu'un, apprenant que mon mari était sans ouvrage, vint lui demander s'il voulait entrer chez lui pour faire des huiles et cultiver ses champs. Mon mari accepta cette charge, et c'était pour nous une double fête lorsqu'il revenait le dimanche, car si mon mari avait peu d'énergie de caractère, il était pourtant bon et sensible; c'était un homme sobre, ne dépensant rien inutilement, ne fréquentant jamais les cabarets et me rendant très-heureuse. Et surtout il chérissait les enfants (je donnai le jour à quatre enfants), dont deux sont morts; il ne m'est resté que le premier et le dernier.

Un jour une amie d'enfance m'invita à aller travailler chez elle. Elle m'y excita en disant qu'il était venu chez elle quelqu'un de si pieux qu'elle n'avait jamais rencontré une personne semblable; que c'était un vrai chrétien, et qu'elle serait contente que je l'entendisse. Je me décidai à y aller pour m'en convaincre moi-même. J'allai donc plusieurs fois chez elle; je finis par voir l'individu en question et je trouvai qu'elle n'avait rien dit qui ne fût vrai. Un jour il me demanda si je voulais lui acheter l'Évangile. Je lui répondis que

je connaissais ce livre, car j'avais appris tout cela étant
jeune. Mais il me fit comprendre que nous devions le
lire toute notre vie, que c'était la. parole de Dieu.
Toutefois je n'en tins aucun compte. Il m'engagea
à lire quelques livres qu'il offrit de me prêter. J'y
consentis. Il m'en prêta deux ou trois. Puis un jour
il m'offrit un Nouveau Testament, dans lequel il
avait souligné plusieurs passages qu'il me présenta
à lire : comme, par exemple, que *nous sommes
sauvés par grâce, par la foi*; que *ce n'est point par les
œuvres, afin que personne ne se glorifie*. (Eph. II, 8).
Pour le coup je fus contrainte d'accepter le livre. Il
m'exhorta de nouveau à le lire en demandant à Dieu
son Saint-Esprit pour le comprendre. Il fit lui-même
la prière. Je n'avais jamais entendu prier comme il
priait; j'en étais toute pénétrée. Je me mis donc à ra-
conter à mon mari toutes ces choses et je lui répétai
ce que j'avais pu retenir de sa prière. «Tiens, lui dis-je,
je vois bien que ce ne sont pas des prières qu'ils ap-
prennent comme nous; mais ils tirent cela de leurs
pensées; ce sont des prières de cœur.» Je ne me ren-
dais pas bien compte de ce que je disais, mais j'étais
arrivée là sans le savoir. Depuis ce jour je cherchais
aussi à prier d'abondance. Un soir mon mari, tout
étonné de m'entendre, voulut aussi entendre ce
personnage, et il fut tellement ému qu'il me demanda
si je voulais qu'il vînt chez nous. J'en fus réjouie;
ainsi il venait de temps en temps nous voir. Mon mari
ne savait presque pas lire; il m'assurait qu'il n'avait
jamais pu l'apprendre, et quand j'essayais de lui
donner des leçons, il me disait que c'était du temps

perdu; mais ce cher monsieur, ayant offert de l'instruire, il s'y est si bien pris que mon mari est parvenu à pouvoir lire assez bien, de manière à pouvoir comprendre ce qu'il lisait, et il était si heureux de pouvoir s'édifier et se nourrir de la parole de Dieu! Les choses restèrent quelque temps dans cet état; mais comme j'allais souvent chez ma belle-sœur pour soigner sa mère malade, je prenais avec moi le *Voyage du chrétien* et quelques traités. Une demoiselle qui avait été sœur à l'hospice les vit et dit que c'était des livres protestants. Peu de temps après ma belle-sœur fit appeler mon mari, lui conseilla de chasser cet individu qui venait chez nous et de m'empêcher d'aller chez les protestants. Mon beau-frère l'avertit qu'on parlait de sa conduite jusque dans les cafés, que c'était honteux pour lui, qu'au surplus il avait des droits sur lui puisqu'il habitait sa maison, et que, s'il ne faisait pas ce qu'il disait, il le ferait sauter par la croisée et le renierait pour son frère. Mon mari fut tellement épouvanté qu'il me signifia de renvoyer monsieur.... Je reçus cet ordre avec calme, mais avec beaucoup de peine. Je crus qu'il était plus prudent de ne pas offrir de résistance et de compter sur Notre-Seigneur. Mon mari ne m'empêcha pas d'aller aux réunions, et je pouvais avoir des entretiens sur les choses de Dieu avec une famille pieuse qui demeurait en face de nous. Quelque temps après le cher père et ami qui nous avait été en bénédiction vint à passer devant la porte. Entendant un des enfants pleurer, il s'arrêta et demanda la cause de ses larmes. Je lui dis qu'à l'école on lui avait donné des verbes à faire et qu'il ne savait comment s'y prendre. Connaissant le motif de son chagrin, il lui offrit de le tirer d'embarras; le père y consentit, la porte lui fut de nouveau ouverte, et j'eus la joie, quand je revins le dimanche, de trouver mon mari lisant la parole de Dieu. Le soir, avant d'aller veiller chez les amis que j'ai nommés plus haut, je feignis d'oublier de lire dans ma Bible, et j'eus encore le bonheur de l'entendre me dire: «Tu oublies de lire; ne t'en va pas sans me lire quelque chose.» Voyez combien Dieu a de moyens divers pour nous délivrer des ruses de Satan, et que ce que l'homme ne peut pas faire, le Seigneur le fait. Qu'à lui soit toute la gloire.

Retournons maintenant dans la maison où mon mari travaillait. Nouvelle tribulation! une nuit les chevaux se détachèrent dans l'écurie; il court imprudemment sans chandelle pour les rattacher. Aussitôt il est renversé, il reçoit un coup de pied dans le dos, le fer d'un des animaux lui fait une plaie à la cheville de son pied; il revient arrosant la terre de son sang. Je courus chez un chirurgien pour le faire panser. Nous voilà quatre personnes à nourrir et plus de travailleur pour gagner le pain quotidien. Je vous laisse à juger si notre position était précaire! La plaie a été longtemps avant de se guérir.

Un jour, pendant cette épreuve, mon mari me dit: «Ma chère amie, je ne te reconnais plus.»

«Pourquoi?» lui demandai-je.

«Autrefois, me répondit-il, en pareille circonstance tu te serais lamentée; tu aurais fait du bruit. Maintenant, au contraire, quoique nous soyons forcés de contracter quelques dettes, tu es aussi calme que si tu possédais un trésor.» Il ajouta que si c'était l'Évangile qui me rendait si heureuse au milieu de tant de peines, il en bénissait Dieu, et qu'il voudrait bien posséder le même bonheur. Je lui répondis que s'il voulait aller à Jésus il lui accorderait aussi ce trésor caché, car il a promis qu'il ne mettrait dehors aucun de ceux qui viendraient à Lui.

Il faut que je dise que depuis que je possédais l'Évangile le bon Dieu a béni la lecture de sa sainte parole pour le salut de mon âme. Un jour que je lisais le chapitre qui contient le récit de la guérison de l'aveugle-né [1], je fus comme frappée, et m'appliquant moi-même ces versets, je compris que c'était là mon image. Là aussi je connus le grand amour de Dieu envers moi, la brebis perdue qu'il était venue chercher. Il m'est impossible de dépeindre le chagrin que je ressentis alors en moi en réfléchissant à ce long espace de temps que j'avais passé sans connaître un Dieu d'amour qui inondait dès lors mon âme d'une joie indéfinissable. Je croyais que mon cœur allait se fondre en pensant que j'avais offensé un Dieu si bon, et je craignais tant de perdre ce bonheur, que j'aurais bien voulu que le Seigneur vînt me prendre à lui. Tout le mal que je voyais sur cette terre m'attristait. Je trouvais tout nouveau pour moi. Mes pensées, mes désirs étaient tout changés. J'éprouvais une peine indicible en réfléchissant que tant de personnes marchaient dans le chemin large de la perdition. Au milieu de ma

---

1. Jean IX.

satisfaction cette pensée m'attristait beaucoup. Je n'ai pas communiqué le bonheur que j'avais éprouvé. Je craignais de perdre les grâces dont je jouissais et je voulais garder le secret de ce qui s'était passé entre Dieu et moi. Je n'étais pas encore bien affranchie, car j'aurais pu voir que Dieu est glorifié de ce qu'il fait dans le cœur de ses enfants. Cependant je marchais toujours avec l'aide de Dieu, car il a dit : *Je ne te laisserai pas, je ne t'abandonnerai pas ;* et encore : *Mon père qui me les a donnés est plus grand que tous, et personne ne les ravira de ma main. Étant justifiés par la foi, nous avons la paix avec Dieu par Notre Seigneur Jésus-Christ.* L'ennemi de mon âme a toujours travaillé pour m'ôter cette paix de Dieu et cette espérance de l'immortalité ; mais vaines tentatives ! *Nous sommes plus que vainqueurs* par Celui qui nous a tant aimés. Je me suis dit : Qui suis-je, moi misérable créature, que le Seigneur soit venu me chercher quand je ne le cherchais pas ? Mes chers frères et sœurs, si quelquefois vous lisiez ces lignes, que Dieu veuille les bénir pour vous attirer, vous aussi, près du Berger des brebis ; et si vous entendez sa voix, ah ! je vous en supplie, ne tardez pas à aller à Lui ; vous avez peut-être cherché le bonheur ; eh bien ! le bonheur est là, en Lui, rien qu'en Lui, déjà sur cette terre et pendant l'éternité. Le souhait de mon cœur est que vous le trouviez.

Je me rappelle qu'un jour je lisais un livre intitulé *La Valaisane.* En le lisant je versais quelques larmes. Mon mari me plaisanta ; je lui dis que s'il le lisait, il ne me plaisanterait peut-être pas. Lorsque j'eus fini de le lire, il me pria de le lui lire tout haut. J'y consentis, et bientôt il fut aussi tout ému, et me faisant arrêter à une certaine page : «Recommence donc ce passage-là,» dit-il. «Ai-je bien compris? *Vous êtes sauvés par grâce*[1]! Mais on ne nous a jamais dit ces choses.» Il en fut frappé et en même temps il paraissait heureux. Peu de temps après il retourna à son travail; mais ces travaux pénibles allaient bientôt prendre fin. Il revint un dimanche comme à l'ordinaire et la journée se passa bien comme par le passé, mais le lendemain matin il me dit qu'il ne se trouvait pas très-bien. Il espérait retourner à son ouvrage le lendemain; mais il devenait toujours plus malade. Je fis chercher le médecin, qui le saigna trois fois. Bientôt il n'y eut plus d'espoir de guérison. Tous mes amis dans le Seigneur sont venus le visiter et ont passé des nuits près de lui, tandis que ses parents n'ont rien fait pour lui. Notre cher pasteur lui rendait souvent des visites avec un autre frère. Ils lui lisaient la parole de Dieu, et me marquaient des passages que je pourrais lui lire. Lorsqu'il se trouvait un peu calme, il me priait lui-même de lui lire quelques versets. Un jour notre pasteur le trouva plus malade, et comme son frère ne venait pas le voir, il lui demanda s'il voulait qu'on le fît appeler; il lui répondit que oui. Son frère est donc venu comme par complaisance et ne lui dit presque rien; puis il s'est retiré. Peu après ma belle-sœur arriva, tenant par la main mon plus jeune enfant, et s'approchant du lit de mon mari: «Frère,» dit-elle, «au nom de Dieu et dans l'intérêt de votre

---

1. Éph. II, 8.

femme et de ces orphelins qui vont rester sans père, je vous prie de m'écouter. Mon intention est de faire tout en leur faveur, à condition que vous fassiez promettre à ma belle-sœur qu'elle n'ira plus chez ces *gens-là.*» Mon mari répondit que les convictions de sa femme étaient aussi les siennes et que j'étais la maîtresse de ma conscience. Là-dessus elle s'était retirée furieuse, et, sans nous rien dire, elle alla chercher un prêtre pour confesser mon mari. Quand elle revint, elle trouva chez nous le pasteur et un autre frère, qui venaient d'entrer. Elle leur dit aussitôt avec audace et de manière à leur faire croire que c'était une affaire arrangée : «Messieurs, on n'a plus besoin de vous; vous pouvez vous retirer.» Au même instant voilà le prêtre qui entre. Quant à moi, si j'avais su où j'en étais, j'aurais pu abuser le prêtre à mon tour; mais mon mari était si malade, je n'eus pas le courage de le faire. Le prêtre lui demanda s'il voulait se confesser. Mon mari répondit qu'il s'était déjà confessé. A qui? lui demanda le prêtre. Mon mari lui répondit que c'était à Dieu; qu'il n'avait offensé personne que Dieu et qu'il n'y avait que Lui qui pouvait pardonner; qu'au surplus, quoiqu'il fût grand pécheur, Dieu lui avait fait sentir que ses péchés lui étaient pardonnés. Puis il leva les yeux et prononça à haute voix ces mots : «Mon Sauveur et mon Dieu!» La Bible était encore sur le lit. Le prêtre la prit et la feuilleta. Dans ce moment ma belle-sœur, qui s'était retirée, rentra et demanda au prêtre si mon mari s'était confessé. Il répondit que non, mais qu'elle pouvait être tranquille, qu'il était dans de bonnes dispositions, et, après l'avoir administré, il se retira. Quant à mon mari, je ne sais si tout ce qui venait de se passer l'avait bouleversé, mais il ne pouvait plus prononcer une parole. Je le regarde, je veux l'embrasser, mais hélas! il était froid comme le marbre. J'étais seule lorsqu'il remit son âme à Dieu; ma belle-sœur avait chassé mes amis. Mais Dieu était avec moi. Ayant appris que mon mari était mort, ma sœur plaça aussitôt quelqu'un auprès du corps pour le garder, et me força d'aller chez elle jusqu'à ce que les funérailles fussent faites; car, comme je ne voulus pas lui donner un enterrement catholique, et qu'on avait fait courir le bruit qu'il serait enterré au cimetière protestant d'Heiltz-manrupt, elle s'effrayait à la pensée que son frère serait le premier de Vitry-le-Français qui aurait été enterré comme protestant, de sorte qu'elle se chargea elle-même de l'enterrement. «Laissons-leur donc le corps,» dit notre frère, «pourvu que Dieu ait son âme.»

Pendant ces jours-là notre foi a été mise à l'épreuve. Dès le premier moment que nous entrâmes chez ma belle-sœur, elle prit à part l'aîné de mes enfants et lui dit que si sa mère voulait renoncer à aller chez *ces gens-là* (c'est ainsi qu'elle appelait les protestants), elle le rendrait bien heureux; qu'elle le conduirait aux fêtes des villages et au spectacle; qu'il aurait de beaux habits; que nous serions logés sans payer de loyer, et qu'on nous donnerait même du blé pour toute l'année. Lorsque l'enfant revint auprès de moi, il me raconta tout ce dont il avait été question. «Que penses-tu faire, ma mère?» dit-il. «Je crois que tu n'accepteras pas ses offres. Elle fait cela pour nous

tenter; si nous cédions, Dieu ne nous bénirait pas.»
Après donc que l'enterrement fut fait, je m'empressai
de retourner chez moi avec mes deux enfants. Elle
courut après moi pour m'engager de prendre quelque nourriture. Je lui dis que tout ce que je mangeais
me faisait mal. Elle insista de nouveau, en disant que
je ne pouvais les quitter sans dire *à revoir* à son mari.
Je l'assurai que je l'avais vu avant de partir. S'aperce-
vant qu'elle ne pouvait rien obtenir, elle me dit qu'elle
voyait bien que je voulais toujours aller *là-bas*, au
culte protestant; je lui demandai ce qui pourrait m'en
empêcher. «Va donc, si tu veux,» dit-elle, «avec tous
tes diables; mais quand même tu tendrais la langue
long comme le bras, je te laisserai là.» Elle ajouta
qu'elle ferait tout son possible pour m'empêcher d'a-
voir de l'ouvrage et qu'elle aurait moins de honte de
me voir une femme publique. «Que Dieu vous par-
donne,» lui répliquai-je; «vous parlez sans connais-
sance; mais je suis persuadée que Dieu ne nous aban-
donnera pas.» — «Lorsque tu n'auras pas de pain à
donner à tes enfants,» répondit-elle, «tu prieras ton
bon Dieu là-haut, et tu verras bien s'il te tombe du
pain du ciel.» — «Je sais bien,» lui dis-je, «qu'il ne
tombera pas de pain comme la manne, mais Dieu
n'a-t-il pas mille moyens de nous aider?» Elle nous
quitta et nous fûmes libres. Je m'empressai d'aller
trouver mes amis, et avec eux je me suis retrempée
dans la prière. O chose mystérieuse pour moi! au milieu de la plus grande affliction, j'ai éprouvé une joie
intérieure dont je ne pouvais me rendre compte.

Je crois avoir déjà dit que nous habitions une maison

qui appartenait à mon beau-frère; mais par suite des maladies de mon pauvre mari, nous n'avions pu payer tout le loyer. Un matin donc, peu après sa mort, il m'arrive un huissier pour me signifier, de la part de la famille, de sortir immédiatement de la maison. Je fus obligée de vendre mon bois de lit pour m'acquitter honorablement de cette dette. Tout le voisinage en fut indigné, mais chacun disait son mot; les uns disaient que j'étais folle de ne pas avoir accepté les offres de ma belle-sœur; les autres trouvaient que j'avais eu raison. Depuis ce jour-là je ne suis plus allée chez elle; cependant je la saluais lorsque je la rencontrais, mais elle ne me répondait pas.

Nous voilà donc dans un autre domicile. Le temps s'écoulait paisiblement, et je pouvais rendre grâce à Dieu de ce qu'il me bénissait dans mes enfants, lorsqu'il nous survint de nouvelles bénédictions et de nouvelles épreuves. Un jour que je me trouvais dans une réunion d'amis, un pasteur, qui était venu prêcher à Vitry, demanda si on ne connaissait pas quelqu'un qui voudrait venir à Bar-le-Duc pour rester auprès d'une personne aveugle, qui désirait entendre lire tous les jours la parole de Dieu. Poussée du désir de lui être utile, je répondis aussitôt que si je n'avais pas eu des enfants à soigner, j'aurais volontiers accepté la proposition. Après un certain temps, on m'écrivit même plusieurs fois pour me demander si je me décidais à venir. Je balançai beaucoup et je finis par refuser d'y aller à cause de mes deux enfants. On m'écrivit de nouveau qu'on placerait mon plus jeune au Neuhof, qu'il y serait bien instruit et que si je voulais l'y laisser jusqu'à ce qu'il fût devenu grand, on me le renverrait sachant un état. Mon cœur battait fortement à cette nouvelle. D'un côté, je sentis l'avenir de cet enfant assuré. Je compris qu'au milieu de personnes chrétiennes, il recevrait d'excellents principes; mais, de l'autre côté, le sentiment maternel semblait vouloir l'emporter sur la raison. Comment me séparer d'un enfant chéri, si jeune? Mille craintes venaient se présenter à mon esprit. L'enfant n'avait que sept ans. Le voir tout d'un coup privé de père, de mère, de frère, au milieu de personnes étrangères! oh! alors, ces réflexions me crucifiaient. Mais enfin, après avoir bien réfléchi, je me dis : Eh bien! Dieu le gardera; il a bien protégé Moïse sur les eaux du fleuve; il gardera cet enfant de même; je vais le remettre entre ses mains. Je fis donc mes préparatifs.

J'éprouvais beaucoup de peine d'être obligée de quitter tous mes amis; c'était pour moi comme une seconde mort.

Arrivée à ma nouvelle destination, je ne fus qu'un jour en possession de mon enfant. Au moment de partir il me regarda tristement et me dit : «Est-ce que je ne te verrai plus, ma bonne maman?» C'est tout ce que je pus faire de lui répondre que lorsqu'il serait bien savant je le ferais revenir. Je partis comme un éclair, fondant en larmes. Je croyais que jamais je ne pourrais me faire à ma nouvelle position, surtout lorsque je rencontrais un enfant à peu près de sa taille ou bien la malheureuse voiture dans laquelle il était monté. Mon fils aîné fut mis en apprentissage et travailla avec activité. Ce fut là, malgré la douleur de la séparation, un nouveau sujet d'actions de grâces. Je restai donc avec cette dame pendant quatre années, pendant lesquelles Dieu dans sa faveur m'accorda sa bonne protection. Ensuite je me retirai avec mon aîné et nous avons vécu paisiblement ensemble pendant huit années sous le regard de Dieu; et j'ai eu de plus la joie de posséder mon autre enfant pendant les quatre dernières années. Mais malheureusement le moment de tirer au sort arriva et il fut pris. Mon aîné se maria au mois de décembre, et mon jeune partit pour le service le 1ᵉʳ janvier suivant; nouvelle épreuve par laquelle il a plu à Dieu de me faire passer! Les pensées de Dieu ne sont pas nos pensées, mais nous savons que *sa volonté est bonne, agréable, et parfaite.* Veuille le Seigneur m'accorder une soumission entière à sa volonté sainte et que je puisse dire: *Non pas ce que je veux, mais ce que tu veux,* ô mon Dieu, ô mon Roi! car tout ce que tu fais est pour mon bien. Que je puisse dire avec Job: *Quand l'Éternel me tuerait, je ne laisserais pas que d'espérer en lui.*

Me voici donc malade chez mon aîné. J'ai l'espérance que mon fils et sa femme marcheront ensemble dans les voies de Dieu et qu'ils resteront fidèles jusqu'à la fin. J'ai aussi la joie de savoir que celui qui est sous les drapeaux est aussi fidèle au Roi des rois, et qu'il marche dans sa crainte et dans son amour. Veuille le Seigneur les garder et les conserver dans ces mêmes dispositions jusqu'à la mort et qu'ils glorifient leur Dieu sur la terre.

Je reste donc de plus en plus souffrante (aujourd'hui 18 octobre 1857); mais le Seigneur ne m'abandonne pas. Il m'aide à supporter mes souffrances. La bonne providence de mon Dieu veille continuellement sur moi, et m'envoie de bons amis qui sympathisent avec moi. J'ai tous les jours de continuelles actions de grâces à rendre à mon Dieu, car *tous ses bienfaits sont sur moi.* Je sens sa présence en mon cœur et combien il est doux de me laisser conduire comme un petit enfant, attendant tout de la main du plus tendre des pères; car il nous dit que *la mère peut oublier l'enfant qu'elle allaite, mais l'Éternel ne vous oubliera pas*[1]. Je saisis ses promesses qui sont *oui* et *amen*[2] pour celui qui croit. Veuille le Seigneur me conserver ces bonnes dispositions jusqu'à la fin. Et je prie Dieu de répandre ses riches bénédictions sur tous mes chers amis qui sont des instruments dont Dieu se sert pour mon bien; et à Lui toute la gloire et les actions de grâces à jamais!

J'ai été de nouveau aujourd'hui[3] fortifiée dans mon esprit et abondamment bénie au milieu de mes souffrances; j'ai pu me réjouir dans l'espérance d'en voir approcher le terme, pour jouir de la présence de mon Dieu, loin du péché et de toutes les misères de cette vie et pour contempler sa face pendant toute l'éternité.

Je croyais ce jour presque arrivé; mais je me trouve un peu mieux, le Seigneur prolonge mes jours jusqu'à ce qu'il dise : c'est assez.

Aujourd'hui, 1er août 1858, j'ai reçu de nouveau du Seigneur le secours dont j'avais besoin pour faire un ouvrage que je désirais entreprendre. Je me trouvais

---

1. És. XLIX, 15.
2. 2 Cor. I, 20.
3. Pas de date.

sans force aucune, mais Dieu a daigné être mon conseiller et ma force, et j'ai été abondamment béni pour faire cette œuvre. Aussi je me suis rappelé cette parole : *Le Seigneur est près de ceux qui le cherchent.* Oh! quel vide quand je n'éprouve pas la présence de Dieu en moi! C'est alors qu'on sent la pauvreté spirituelle, et que nous ne sommes rien que misère et péché. J'ai reçu un nouveau témoignage de la bonté de Dieu dans l'un de ses enfants. A lui seul toute la gloire et les actions de grâces !

Ici se termine le journal de madame Roussel. Cette chère sœur a glorifié Dieu « par une grande patience dans les afflictions » jusqu'au 9 février 1859. Je n'ai jamais vu des souffrances ni aussi aiguës, ni aussi prolongées que celles que cette *mère en Israël* a endurées avec une patience admirable pendant près de quatre longues années. Je n'ajouterai rien sur le caractère si chrétien de madame Roussel. Son journal et le souvenir que vous avez conservé de sa piété vous en disent assez. Aucune pierre tumulaire n'indique le lieu de son repos, ni les vertus de son cœur et de sa vie, mais *quoique morte, elle nous parle encore.*

C. de B.

STRASBOURG, IMPRIMERIE DE VEUVE BERGER - LEVRAULT.